ATTENTION !

PRIX, 3o CENTIMES.

PARIS,

Chez CORRÉARD, libraire, Palais-Royal, galerie de bois.

17 mai 1820.

ATTENTION!

ART. 1er.

GRENOBLE,

Le 11 mai 1820.

Son altesse royale le duc d'Angoulême arriva lundi 8, à cinq heures du soir.

Une foule nombreuse s'était portée sur son passage, et l'accueillit aux cris de vive le roi! vive la charte! Ces cris durèrent depuis la montée de St.-Martin, qui est à quelque distance de la ville, jusque sous les fenêtres de la préfecture.

Le lendemain 9, revue à l'esplanade de la porte de France : même enthousiasme, mêmes cris que la veille. Un lieutenant-général, qu'on dit être de la suite du prince, s'offensa, assure-t-on, de ce que les cris de vive la charte! étaient toujours prédominans. Ce qu'il y a de certain, c'est qu'un chef d'escadron de gendarmerie reçut l'ordre de venir trotter avec quatre gendarmes, et sabre nu, au milieu de la foule : cet ordre fut ponctuellement exécuté. On vit avec plus de surprise que d'effroi la cavalerie abandonner l'esplanade pour envahir une allée fort étroite, réservée aux promeneurs et aux assistans; heureusement personne ne fut foulé par messieurs les cavaliers ; heureusement encore leur présence menaçante ne put empêcher les cris sacrés qu'on n'avait cessé d'entendre depuis le commencement de la revue.

Cependant la persistance des constitutionnels ne fit qu'aigrir davantage les hommes à qui le mot de *charte* avait donné de l'humeur. Les cris ayant accompagné le cortége à son retour dans la ville et jusqûes à l'hôtel de la préfecture, un colonel de gendarmerie, qui escortait le prince, ordonna, pendant le trajet, d'arrêter un jeune homme qui criait comme les autres. Cet ordre fut exécuté par un gendarme. Alors un médecin qui marchait à côté de la personne arrêtée, s'adressa directement au général Bordesoult et lui dit : « Général, le cri sacré de vive la charte ! est-il donc défendu ? — Nous savons, répondit le général, ce que vous entendez par la charte : c'est un cri de ralliement. » On assure qu'il dit aussi : C'est un cri séditieux ; et que, dans un moment d'humeur et de colère, il laissa échapper ces paroles : « Sabrez ces factieux. »

Quoi qu'il en soit, après que le cortége fut rentré, les mêmes transports se firent remarquer sur la terrasse du jardin qui est en face de la préfecture ; des gendarmes y furent envoyés, ayant en tête le chef d'escadron dont j'ai déjà parlé ; leur attitude hostile ne servit à rien : les cris de vive le roi ! vive la charte ! continuèrent à se faire entendre, et le commandant des gendarmes, furieux de ne pouvoir effrayer les amis de nos institutions, s'emporta jusqu'à dire, en brandissant son sabre : Le premier qui crie, *je le larde.*

Quelques personnes ont été arrêtées, entr'autres, des étudians en droit, et des jeunes gens de la ville appartenans à des familles recommandables. Le fils de M. Ducrui, ex-président du tribunal de commerce, a été de çe nombre. Son seul crime a été d'ajouter le cri de vive la charte à celui de vive le roi. Le préfet a traité lui-même M. Ducrui fils, de petit séditieux.

Hier 10 , le commissaire en chef de la police municipale, M. Raucourt , a été destitué , et l'on dit que l'arrêté de M. le préfet est ainsi conçu : « Considérant que M. Raucourt n'a pas pris , dans la journée du 9, toutes les mesures nécessaires pour empêcher le *mouvement* SÉDI-TIEUX *qui a eu lieu à la porte de France* , etc. » Il ne faut pas oublier que ce mouvement s'est réduit à ce que je viens de rapporter.

On eût adressé une pétition aux chambres pour savoir si la charte était un mot séditieux , comme le prétendent des officiers supérieurs , en présence d'un membre de la famille royale ; mais on a pensé qu'elle arriverait trop tard. D'ailleurs le voile est déchiré.

Depuis l'arrivée du prince , les patrouilles de vingt à trente hommes ne discontinuent pas dans les rues. Le premier jour, deux de ces patrouilles se mirent en bataille sur la place St.-André , et un officier alla avertir les promeneurs que sa consigne était de ne pas laisser promener *plus de deux personnes ensemble.*

Il y a eu quelques voies de fait. Des hommes de la police ayant voulu s'opposer aux cris de vive la charte , ont été maltraités. Un ex-chauffeur , aujourd'hui enrolé , dit-on , dans des bandes secrètes , cria au milieu d'une jeunesse nombreuse : *Vive le roi! mer.. pour le reste.* Il fut aussitôt hué , conspué et obligé de se réfugier dans une boutique. Un avocat fameux dans nos troubles, et dont le nom se rattache à un procès récent et scandaleux, voyant un des siens en butte à l'indignation des gens de bien, s'écria de sa fenêtre : *Arrêtez-moi toute cette canaille !* Les constitutionnels méprisant les insultes d'un homme dont il est impossible d'injurier la personne, et dont l'amitié seule est outrageante, les constitutionnels se retirèrent paisiblement, satisfaits d'avoir hautement manifesté leurs vœux pour le roi et pour la charte.

On parle de la démission de M. le maire, de la destitution de plusieurs fonctionnnaires, et de beaucoup d'autres choses.

— Hier au soir de nombreux étudians se sont rendus au café dit des *Aveugles* sur la place Grenette. Ils y ont lu à haute voix le préambule de la Charte, et les habitués du café, quoique soupçonnés d'être peu constitutionnels, se sont tenus debout et découverts comme les autres assistans pendant cette lecture. Ce qui a donné lieu à cette démarche de la jeunesse grenobloise, c'est qu'un jeune homme ayant crié la veille : Vive la Charte ! au moment où S. A. R. passait devant ce même café, sé trouvant seul au milieu de l'obscurité, (il était 9 heures du soir) avait été assailli par les habitans du dit café.

Art. 2.

L'augmentation subite et toujours croissante de la taxe du pain est bien de nature à provoquer quelques réflexions. En découvrir les causes, en calculer au moins approximativement la durée et le maximum possible, tels ont été les objets des recherches auxquelles j'ai dû me livrer.

Le commerce des grains étant régi d'une manière toute particulière en ce qui concerne la boulangerie de Paris, il était tout naturel de chercher à connaître ce que c'est que la caisse dite syndicale des boulangers.

Cette caisse est établie depuis le 15 janvier 1817.

J'ai vainement cherché dans le Bulletin des lois l'ordonnance qui l'organise. J'ai dû m'en rapporter à la note suivante tirée de l'almanach du commerce pour 1820 :

« Le but de cet établissement a été de payer les grains « et farines achetées pour le compte de la ville . . ., ainsi « que les indemnités allouées aux boulangers, en propor- « tion de leur cuisson journalière : *elle est devenue depuis* « *une caisse de service,* comme celle de *Poissy* pour les « bouchers. »

Cette caisse perçoit une taxe de trois francs par chaque sac acheté sur le carreau de la halle par les boulangers de Paris.

Au moyen du paiement de cette taxe, ceux-ci ont cessé d'être tenus de fournir le cautionnement en farines auquel ils avaient été assujettis, en raison de la classe dans laquelle ils avaient été rangés.

Ce cautionnement avait été exigé afin d'éviter que l'aug- mentation des farines sur les marchés circonvoisins n'entraînât celle de la taxe du pain à Paris. Ces cautionnemens devaient alimenter les greniers de réserve.

De hauts intérêts politiques commandent en effet de prendre des mesures telles que la taxe du pain à Paris puisse être constamment maintenue à un terme moyen, et mise à l'abri des influences que pourraient exercer sur cette denrée, les hausses subites dans les marchés extérieurs.

La taxe de trois francs par sac devait dès lors mettre la caisse syndicale de la boulangerie à même d'acheter des farines, dont la présence dans les greniers de réserve pût toujours maintenir le cours du pain, à Paris, au-dessous du cours des marchés voisins.

Comment se fait-il cependant que ; lorsque dans la première semaine de mai il y a eu une baisse de dix francs par sac sur les farines, au marché de Meaux, le pain se soit, successivement et avec une rapidité effrayante, élevé de douze à quinze sols, soit aujourd'hui taxé à seize, et doive, si l'on en croit les bruits publics, s'élever encore ?

Le produit de la taxe de trois francs par sac a-t-il été au-dessous des besoins de la consommation ?

Cette consommation exige par jour l'emploi de quinze cents à seize cents sacs de farine, ce qui, au terme moyen de quinze cent cinquante sacs, donne par jour un produit de. . . . .   4,650 francs.

Et par an.   1,697,250

La caisse a été établie le 15 janvier 1817 ; jusqu'au 15 janvier 1820 elle a dû recevoir pour trois ans.   5,091,750

Cette somme de *cinq millions quatre-vingt onze mille sept cent cinquante francs*, déduction faite des sommes allouées en indemnités aux boulangers pour leur cuisson, a-t-elle été tellement disproportionnée aux besoins de la consommation, que la caisse syndicale n'ait pu envoyer aucune farine aux greniers de réserve?

L'administration syndicale a-t-elle converti ses fonds disponibles en approvisionnemens?

L'augmentation dans la taxe du pain pourrait faire répondre négativement à cette question, à moins que l'on ne voulût penser que la caisse syndicale ait voulu bénificier sur ses achats, ce qui ne peut être raisonnablement présumé par personne.

Peut-être serait-ce ici le lieu d'examiner lequel des deux modes doit être préféré, de l'approvisionnement au moyen des cautionnemens en farine, ou de celui qu'on a voulu obtenir au moyen de la taxe de trois francs par sac.

Un ancien administrateur des subsistances de Cadillac, en 93, peut d'autant mieux résoudre ce problème que le changement de mode d'approvisionnement a eu lieu sous son ministère, et nécessairement avec son approbation.

Quant aux questions de savoir si les produits de la taxe n'ont permis aucun achat de farines, et si des achats ont été tentés, il appartient aux membres de l'administration syndicale de les résoudre. Voici, d'après l'*Almanach du Commerce*, comment cette administration est composée :

Tous cinq librement élus... par le gouvernement.
{
Préfet de la Seine,
Préfet de police,
Un des maires de Paris,
Un membre du conseil-général du département,
Un commissaire du roi,
}

En tout, et pour tout, un boulanger-syndic.

Cette composition pourrait paraître, en tant que dite

syndicale, assez singulière, si l'on n'était admis à penser que, dans les discussions, la voix du syndic-boulanger peut à elle seule former la majorité.

J'ai souligné plus haut, dans la note extraite de l'almanach du commerce, les mots suivans. *Elle* (la caisse syndicale, destinée par l'ordonnance du 15 janvier à acheter les grains et farines des greniers de réserve) , *elle est devenue depuis une caisse de service, comme celle de Poissy pour les bouchers.*

Cette destination ultérieure donnée à la caisse syndicale, m'a paru demander quelques observations.

Sans doute, une ordonnance postérieure à celle du 15 janvier a autorisé ce changement de destination , on n'en saurait douter.

Mais qu'est-ce que la caisse de Poissy ? un dépôt de fonds sur lequel on prête aux bouchers de Paris les sommes dont ils ont besoin pour payer leurs achats. Ce prêt a lieu moyennant d'assez gros intérêts , et si la caisse syndicale des boulangers a fait comme celle de Poissy des prêts à intérêt, ses produits ont dû être augmentés d'autant, et, par conséquent , elle a dû se trouver en mesure de faire des approvisionnemens plus considérables, et la taxe du pain à Paris aurait dû s'élever avec moins de rapidité à une augmentation de 25 pour cent en moins d'un mois.

Si la caisse syndicale n'a rien retiré de ses avances aux boulangers , il faut avouer que l'administration de cette caisse s'est montrée fort généreuse ; et malheureusement les artisans qui mangent en famille de six à huit livres de pain par jour , doivent être peu disposés à applaudir à cette générosité de MM. les membres de l'administration syndicale.

Tels sont les renseignemens que j'ai pu me procurer sur

l'administration des farines de Paris ; peut-être trouvera-t-on qu'ils n'expliquent nullement la cause de l'augmentation de la taxe du pain , et qu'ils n'aideront que médio-crement à calculer la durée et le maximum de la cherté de cette denrée. Je le pense aussi ; mais pour l'acquit de ma conscience , je déclare que je ne suis ni préfet de la Seine , ni préfet de police, ni maire de Paris, ni membre du conseil général de la préfecture , ni commissaire du gouvernement , ni syndic de la boulangerie.

Malgré cela, je ne puis m'empêcher de dire que le changement apporté à la destination primitive de la caisse syndicale, me paraît être la véritable cause de la cherté du pain , et que je présume que tel en a été le résultat que, peut-être, on a oublié d'approvisionner les greniers de réserve , en s'occupant trop exclusivement de prêter aux boulangers le produit de la taxe de 3 fr.

Peut-être, au reste, la caisse syndicale ne refusera-t-elle pas de faire des avances aux consommateurs comme elle en fait aux boulangers ; et, dans ce cas , je m'applaudirais fort d'avoir révélé cette ressource aux honnêtes parisiens qui auraient besoin d'y recourir.

Mercier , dans son *Tableau de Paris* , prétend que de son temps , le gouvernement était le maître de refuser ou de donner la *becquée* aux *habitans de la grande cage*. Mercier pouvait avoir raison dans son temps; mais je pense qu'il y a loin de 1788 à 1820 , et que son tableau du Paris d'alors ne serait pas le portait exact du Paris d'aujourd'hui.

ART. 3.

ON sait qu'il y a six semaines environ, dans une re-vue de la garnison de Rennes, le général comte Coutard, ayant crié *vive le roi!* les jeunes gens de la ville avaient cru développer sa pensée toute entière, en ajoutant le cri de *vive la Charte!* qui parut cependant blesser quelques oreilles délicates et *pures*.

Le 3 mai, une nouvelle revue a eu lieu. Prêt à user du même mode d'interprétation, si besoin était, toute la jeunesse de Rennes environnait la troupe. Les manœuvres militaires ont été commandées par le même général; mais, à la grande surprise des spectateurs, pas un cri de ralliement n'a été par lui ordonné ; tout s'est passé dans un morne silence, et l'anniversaire du retour du roi n'a été salué d'aucune exclamation ; c'était un moyen sûr d'éviter d'autres exclamations trop inconvenantes sans doute.

— ON annonce de la même ville qu'un duel a eu lieu entre un jeune homme et le fils d'un ancien chef de chouans, le sieur C....., à la suite de certains propos, tant soit peu trop naïfs dans sa bouche. Ce dernier ayant atteint son adversaire à la cuisse, d'un coup de feu, aussitôt une voiture a été envoyée au blessé, et tous les jeunes gens, en masse, se sont portés à sa rencontre. Ceci a rappelé un événement semblable dont 1790 fut témoin dans la même ville qu'anime toujours le même esprit. Le jeune patriote blessé eut sans cesse près de lui, un jeune homme chargé de le veiller et d'informer de ses nouvelles ses nombreux amis. Alors, comme aujourd'hui, la tranquillité publique ne reçut aucune atteinte de ces marques d'intérêt. On dit cependant que le général Coutard a fait venir deux compagnies de cavalerie.

Art. 4.

Fragmens.

Enfin le grand mot est lâché, et les journaux *ultrà* avouent, quoiqu'avec peine, que Louvel n'a pas de complices. La *Gazette*, qui, dans sa rage, voulait voir dans chaque Français un *associé* de Louvel, est la première à s'exécuter. Elle ne le fait pas de trop bonne grâce, mais enfin elle le fait : voici ses expressions. « La commission (de la chambre des pairs chargée d'instruire le procès), la com-
» mission a remonté à la *source* des *moindres bruits*, des
» simples-*on dit*, et elle n'a rien appris qui pût mettre sur
» la trace des complices de Louvel, *s'il en a.* »

Ainsi donc d'après l'aveu même des *ultrà*, l'attentat du 13 février est un crime isolé, et les lois d'exceptions subsistent encore, et la censure a permis que certaines feuilles jetassent un odieux soupçon de complicité sur des personnes recommandables, sur des députés de la nation.....

—Une grande affluence encombrait ce matin toutes les issues de la chambre des députés. Les citoyens sont impatiens de connaître le sort qu'on leur prépare, ils attendent avec anxiété le moment qui doit le fixer. La foule qui se trouvait dans une des salles des pas perdus, a accueilli d'un murmure flatteur les députés du côté gauche qui se rendaient au poste où le peuple les a placés ; certain murmure s'est fait entendre aussi lorsque S. E. M. Pasquier a passé, mais il faut croire qu'il n'était pas *flatteur*, puisqu'un instant après, on a fait sortir tout le monde.

— Jamais on ne se serait douté que la place de *censeur* pût donner à celui qui la remplit, autre chose que de l'argent. Eh bien, c'est une erreur, car le docteur Parizet vient d'être décoré de la croix de la légion d'honneur, de cette croix, noble prix du courage et du patriotisme, qui ne devrait être que le fruit de longs et périlleux travaux pour la patrie. Il est à présumer que cette insigne faveur a été accordée à M. Parizet, pour la fermeté qu'il a mise à supporter les attaques tant soit peu vives de l'honorable M. B. Constant, et pour le zèle qu'il a déployé en secondant la partialité des ministres.

— C'est samedi que le *centre* et le côté droit doivent demander la clôture de la discussion qui occupe dans ce moment la France entière..... M. de Serre doit arriver à Paris le jour où la chambre votera sur l'adoption de la loi. C'est toujours une voix ; dans un moment de presse, une voix, c'est beaucoup ; et qui sait si la loi d'où dépend le sort d'une grande nation, ne passera pas à la majorité d'une voix ?

— A entendre les ultrà, il n'y a en France que trente ou quarante mille bavards qui parlent et s'agitent dans tous les sens, tandis que la masse de la nation est calme et garde le silence. Les ultrà s'en applaudissent ; apparemment ils prennent ce silence pour une adhésion. Ce que je sais bien, c'est que la France ne se taisait point quand l'ordonnance du 5 septembre fut rendue ; elle ne se taisait pas non plus lorsqu'elle reçut cette loi qu'on attaque aujourd'hui avec tant de fureur. Un concert d'acclamations s'élevait de tous les points du royaume, et retentissait autour du trône. Aujourd'hui la France est muette... Que signifie ce silence ?... La nation est inquiète... elle craint... elle espère...

— Malgré les déclamations journalières des amis de la servitude, il y a encore du patriotisme en France. Allez au théâtre, voyez avec quel enthousiasme les spectateurs applaudissent à tous les passages qui parlent de gloire et de patrie... Lisez sur tous les fronts l'amour qu'inspire la liberté, et l'horreur que fait naître la tyrannie. Mettez à la place des belles maximes de Corneille, de Racine et de Voltaire, les sentences de ces auteurs modernes qui vantent les douceurs de l'arbitraire, et l'on verra comme elles seront accueillies... Oui, tant qu'une goutte de sang coulera dans les veines des Français, ils aimeront la liberté ; qu'on ne leur en fasse point un mérite. La majorité des Français ne peut sentir et penser différemment.

— Les ultra ; c'est-à-dire les ennemis mortels de tout ce qui est national, paraissent vouloir s'appuyer sur l'armée pour opérer la contre-révolution. Mais les soldats français si susceptibles sur le point d'honneur national, entendraient-ils le langage de ces hommes qui ont combattu avec l'étranger, qui sont revenus avec l'étranger, ou qui du moins se livraient à une joie scandaleuse, quand l'étranger occupait nos provinces ? Les compagnons des Lannes, des Masséna, des Drouot, des Cambronne, consentiraient-ils à seconder les projets inconstitutionnels des amis de Blucher et de Vellington ? Qu'on se rappelle ces temps où les Prussiens, les Russes et les Anglais, avaient assis leur camp dans nos cités aux acclamations de ces indignes citoyens qui, par malheur, étaient français, tandis que nos infortunés guerriers, échappés par miracle au glaive de Mars, se voyaient forcés de marcher dans les ténèbres de la nuit, et de fuir les routes connues pour regagner le toit paternel, où ils n'avaient pas toujours le bonheur d'arriver.... Qu'on se rappelle qu'ils étaient forcés de cacher leurs décorations et leurs cicatrices. Les vétérans qui sont encore sous les drapeaux ne l'ont point sans doute oublié, et les jeunes soldats, qui ont succédé aux guerriers de l'ancienne armée, ne voudront point renoncer à l'héritage de gloire que ces braves leur ont transmis ; comme eux ils combattraient pour la patrie.

— Quarante jeunes Romains avaient juré la mort de Porsenna ; Mucius est pris dans le camp de son ennemi.... Il ne nie point le dessein dont il est accusé, la main étendue sur un brasier ardent, son visage est serein, ses traits sont immobiles.... Porsenna est étonné de tant de constance : Apprends, lui dit Mucius, que quarante jeunes Romains tels que moi, ont juré de t'immoler si tu ne lèves le siège de Rome. En France, il y a aujourd'hui un million de jeunes gens, tous enfans de la révolution, qui ont juré de défendre jusqu'au dernier soupir nos libertés constitutionnelles. Ils n'ont point tenu de conciliabule, Ils n'ont point de signe qui les distinguent ; mais pénétrés des mêmes sentimens, ils se reconnaîtraient aisément aux jours du danger....

— Les gouvernemens peuvent diriger le cours de l'opinion. Ils peuvent élargir, ou resserrer son lit, mais s'ils voulaient la faire rétrograder, ils seraient aussi insensés que ceux qui essaieraient de faire remonter un fleuve vers sa source.

— Les bienfaits de la révolution (et l'on ne peut nier qu'elle n'en ait produit, à moins d'être aveugle) nous coûtent cher, dit-on : raison de plus pour y tenir fortement.

IMPRIMERIE DE MADAME JEUNEHOMME-CRÉMIÈRE,
RUE HAUTEFEUILLE, n° 20.